빨간 머리 앤이
빨간 머리 앤에게

빨간 머리 앤이
빨간 머리 앤에게

마쓰모토 유코 글 • 한양희 옮김

썬더버드
thunder bird

빨간 머리 앤에 대하여

캐나다의 동쪽 끝, 프린스에드워드 섬 초록 지붕 집에는 오빠인 매슈와 여동생 마릴라가 살고 있었습니다. 둘 다 결혼하지 않고 아이도 없는 데다 50대, 60대로 이제는 나이도 많았지요. 이들 남매는 궁리 끝에 농장 일을 도와줄 남자아이를 입양하기로 하고 절차를 끝냅니다. 그리고 드디어 매슈는 남자아이를 데리러 역으로 갑니다. 그런데 이게 어찌 된 일일까요? 기대했던 남자아이가 아닌 여자아이가 서 있는 것이었습니다!

　　루시 모드 몽고메리(1874~1942)는 캐나다의 대표적인 소설가입니다. 다섯 번이나 거절당하고 마침내 1908년에 출간한 『빨간 머리 앤』으로 세계적인 명성을 얻었습니다. 『빨간 머리 앤』은 만화, 영화, 드라마 등으로도 만들어졌으며, 배경이 된 초록 지붕 집은 그 일대와 함께 국가 사적지로 지정이 되었습니다.

뮤지컬 '빨간 머리 앤' 50주년 전에 전시했던
루시 모드 몽고메리의 사진

등장인물

앤 셜리 Anne Shirley 태어난 지 3개월 만에 부모를 잃고 남의 집을 전전하다 고아원에 입양되었습니다. 이후 행정 착오로 초록 지붕 집에 사는 커스버트 남매에게 입양되었고, 돌려보내질 위기도 있었지만 마릴라가 마음을 바꾼 덕분에 그 집에 계속 살게 되었지요. 빼빼 마르고 주근깨투성이에 빨간 머리라서 놀림도 받고, 그런 점이 스스로도 못마땅하지만 어떤 상황에서도 자신의 정체성을 잃지 않고 주변 사람들에게 인색하지 않습니다. 자신에게 부당한 소리를 하면 불끈하기도 하는 야무진 모습도 있고요. 감성이 풍부하고 상상하기를 좋아하는 데다 열정적이기도 해서 사고도 좀 치지만, 좋지 않은 일이나 결단을 내려야 하는 상황이 생기면 남을 의식하지 않고 자기 마음의 소리에 귀를 기울일 줄 압니다. 자기를 아빠처럼 보살펴 주던 매슈가 심장병으로 세상을 뜨고, 마릴라마저 건강이 나빠지자 그토록 원하던 진학을 포기하고 마을학교 교사가 됩니다.

매슈 커스버트 Matthew Cuthbert 초록 지붕 집에 사는 오빠. 기대하던 남자아이는 아니었지만 앤에게 마음을 빼앗겨 앤을 키우고 싶어 합니다. 물론 앤을 키우는 것은 주로 동생 마릴라의 몫이었으나 앤에게 늘 신경을 쓰고 세심하게 보살펴 줍니다. 여자라면 여자'아이'에게조차도 소심해질 만큼 내성적이지만, 앤을 위해 예쁜 옷을 만들어 달라고 린드 부인에게 부탁한 적도 있습니다. 전 재산을 맡긴 은행이 망했다는 소식에 충격을 받아 세상을 떠납니다.

마릴라 커스버트 Marilla Cuthbert 매슈의 여동생. 오빠와 함께 단둘이 초록 지붕 집에 삽니다. 고지식하고 무뚝뚝하며 엄격하지요. 오빠가 데리고 온 앤을 돌려보낼 생각이었지만, 마음이 약해져 앤을 키우기로 합니다. 무른 오빠를 둔 덕에 악역을 도맡아 하지만 앤을 통해 새로운 즐거움과 활기를 느끼고 예전과는 다른 인생을 살게 되지요.

다이애나 배리 Diana Barry 에이번리 마을에 살게 된 앤이 처음 만난 친구이자 서로 마음을 나누는, 앤의 가장 친한 친구입니다. 까만 눈동자, 까만 머리카락, 장밋빛 뺨이 예쁜 소녀로, 엄격한 엄마 밑에 자란 다이애나는 학교 졸업 후 앤과는 다른 진로를 택합니다.

길버트 블라이드 Gilbert Blythe 에이번리 학교에서 가장 인기가 좋은 학생입니다. 앤의 빨간 머리를 보고 앤을 '홍당무'라고 놀렸다가 앤에게 석판으로 머리를 맞은 적도 있지요. 경쟁자였던 앤이 마릴라를 돌보기 위해 진학을 포기하자 앤에게 에이번리의 교사 자리를 양보합니다. 훗날 앤과 특별한 관계가 됩니다.

레이첼 린드 부인 Mrs. Rachel Lynde 궁금한 건 절대 참지 못하고, 마을에서 일어나는 모든 일을 알아야만 직성이 풀리는 성격입니다. 그러면서도 개울물조차 린드 부인 집 앞에서는 예의를 갖추는 것처럼 보일 정도로 엄격한 편이고요. 앤과 약간의 소동이 있기도 했습니다.

프린스에드워드 섬에 대하여

『빨간 머리 앤』의 배경이 된 프린스에드워드 섬은 캐나다 동쪽 끝에 있는 작은 섬입니다. 노바스코샤 주에서 태어난 앤은 노섬벌랜드 해협을 건너 프린스에드워드 섬으로 입양을 갔지요.

프린스에드워드 섬은 드넓은 언덕, 울창한 자작나무와 전나무 숲, 군데군데 자리 잡은 붉은 감자밭, 초록 지붕의 소박한 주택, 투명하고 푸른 바다 등이 아름다운 곳입니다. 봄이면 사과꽃이며 라일락이 만발하고, 여름이면 싱그러운 나뭇잎들이 초록잎을 자랑하고, 가을이면 시원한 바람이 불고, 겨울이면 눈이 펑펑 내리는, 때 묻지 않은 자연이 고스란히 보존되고 있는 곳이기도 하지요. 앤에게 이 섬은 어떤 의미였을까요?

contents

상상의 세계는 힘겨운 현실을 잊게 하고
오늘을 견디게 해 줍니다.
앤처럼 즐겁고 유쾌한 상상을 해 보는 건 어떨까요?

그대는 아름다운 별 아래 태어나
영혼과 불꽃, 이슬로 만들어졌도다

The good stars met in your horoscope,
Made you of spirit and fire and dew.
Browning

　영국 시인 로버트 브라우닝의 「이블린 호프 Evelyn Hope」
라는 시의 한 구절입니다. 세속적인 눈으로 본다면 혈혈단
신 고아에다 마르고 주근깨투성이이고 말 많은 이 소녀가
불쌍할 수도 있지만 사실 앤은 정말로 소중하고 아름다운
존재라는 것을, 작가는 이 구절을 통해 말하고 싶었던 듯합
니다.

　로버트 브라우닝은 19세기 영국의 서정시인입니다. 작가
가 『빨간 머리 앤』의 서두에 이 시를 인용한 것은 앤의 존재

자체를 축복함과 동시에 이 글을 읽고 있는 당신 역시도 무엇과도 바꿀 수 없는 값진 사람이라는 사실을 알려 주기 위해서일지 모릅니다. 우리 모두에게는 깊은 내면과 불꽃 같은 정열, 아침 이슬 같은 깨끗한 마음이 있으니까요. 어떤 고난이 와도, 자신이 하잘 것 없이 작게 느껴지더라도 부디 굴복하지 않기를 바랍니다. 고난의 끝에는 멋진 인생이 기다리고 있을 테니까요.

루시 모드 몽고메리의 고향 카벤디시에 있는 초록 지붕 집

위험하다고 하면
세상만사가 다 위험하기 마련이죠

And as for the risk,
there's risks in pretty near everything
a body does in the world.

커스버트 남매가 앤을 키우겠다고 하자 친구이자 이웃인 린드 부인은 생면부지의 여자아이를 집에 들이는 것은 위험하다고 충고합니다. 그때 마릴라는 답합니다. 세상에 그저 안전하기만 한 일은 없다고요. 어쩌면 인생의 방해꾼, 짐 덩어리가 될 수도 있는 아이를 마릴라는 기꺼이 받아들이기로 한 것이지요.

지금 하는 일에 미래가 안 보이나요? 지금껏 하던 일을 그만두고 새로운 일을 시작해야 하나요? 그가 혹은 그녀가 당신을 떠났나요? 짝사랑하고 있나요? 유학을 갈 건가요? 결혼을 앞두고 있나요? 이혼 수속 중인가요? 어떤 일이든 크고 작은 위험은 있습니다. 당장은 얻는 것보다 잃는 게 많을 수도 있어요. 하지만 그런 위험 때문에 도전을 포기해서는 안 됩니다. 아무것도 감수하지 않으면 끝내 아무것도 가지지 못합니다. 인생은 위험을 기꺼이 감수하는 사람에게만 멋지게 보답해 준답니다. 아주 멋지게.

초록 지붕 집의 난로

작은 새들이 노래하고 있었다.
마치 일 년 중 단 하루만 있는 여름날인 것처럼

The little birds sang as if it were.
The one day of summer in all the year.

매슈는 마차를 타고 입양한 아이를 데리러 갑니다. 수줍음 많고 내성적이라 사람 만나는 일을 꺼리는 매슈도 마음이 설렙니다. 매슈는 노래하는 작은 새들을 보며 이 시를 떠올립니다. 미국 시인인 '로웰(1919~1891)'이 쓴 「론펄의 환상」이라는 시지요. 이 시에서 『아서왕의 전설』에 나오는 기사 론펄 경(卿)은 여행 가는 꿈을 꿉니다. 그리고 꿈에서 길에 쓰러져 있는 남자에게 자신의 음식을 나누어 줍니다. 알고 보니 그 보잘것없는 남자는 예수였습니다. 남자아이를 맞이하러 가는 매슈는 이웃에게 기꺼이 사랑을 베푼 기사로

비유될 수 있습니다. 매슈는 사랑과 정에 굶주려 있는 앤을 만나, 그녀를 받아들여 도와주게 되는 것이지요.

오늘이라고 하는 날을 최선을 다해 즐기며 살아가요! 나뭇가지에 앉아 노래하는 작은 새들처럼. 일 년 중 단 하루만 있는 아름다운 여름날인 것 처럼, 마음껏 즐기며……

오늘은 당신의 생애에 있어, 가장 소중한 단 하루이기 때문입니다.

초록 지붕 집에 만개한 라일락

만나 뵙게 되어
정말 반갑습니다

I'm very glad to see you.

브라이트 강 역. 매슈는 입양한 아이를 기다리고 있었습니다. 남자아이 말이에요. 그런데 여자아이 하나가 나타나먼저 손을 내밀었습니다. "만나 뵙게 되어 정말 반갑습니다." 뻔하고 별 다를 것 없는 이 말. 많은 사람들이 그저 의례적으로 하는 말. 하지만 앤에게 이 말은 정말이지 가슴 깊은곳에서 나오는 진심이었지요.

"만나 뵙게 되어 정말 반갑습니다." 진심으로 말해 보세요. 마음에서 우러나오는 기쁨, 좋은 기운이 전해지는 만남은 큰 힘이 된답니다. 당신에게도 이런 가슴 떨리는 만남이 있기를 바랍니다.

프린스에드워드 섬에 있는 앤 동상

아, 아저씨 가족이 된다니,
가족이 되어 같이 살 거라니
이렇게 근사할 수가요!

Oh, it seems so wonderful
that I'm going to live with you and belong to you.

앤은 자신을 낳은 엄마의 얼굴도, 아빠의 얼굴도 모릅니다. 형제자매도 친척도 없이 완전한 '혼자'입니다. 그렇기에 앤에게는 가족의 존재가 이 세상 무엇보다 소중합니다. 자신이 행정 착오로 프린스에드워드 섬에 오게 됐다는 사실을 모른 채 가족이 생겼다는 사실만으로 앤은 지금 너무나 행복합니다.

기쁨과 슬픔을 나눌 가족이 있다는 건 정말 행운입니다. 감사할 일이지요. 가족이 있다는 기쁨, 함께 할 수 있는 사람

이 있다는 것을 당연함이 아닌 감사함으로 가슴 깊이 느껴
보세요.

초록 지붕 집에 있는 앤의 그림

상상일 뿐이라고 해도
좋은 걸 상상하는 게 좋잖아요

*because when you are imagining
you might as well imagine something worth while.*

노바스코샤 주에서 태어난 앤은 배를 타고 노섬벌랜드 해협을 건너 프린스에드워드 섬으로 왔습니다. 배를 타고 오는 동안 앤은 엷은 하늘색 실크드레스에 하늘거리는 깃털, 꽃으로 장식한 커다란 모자, 금으로 만든 시계, 염소 가죽 구두와 장갑까지, 그야말로 화려한 차림의 자신을 상상했습니다. 앤은 들뜬 목소리로 매슈에게 말합니다. 그냥 상상일뿐이라도 즐거운 상상을 하는 것이 좋다고요.

상상의 세계는 힘겨운 현실을 잊게 하고 오늘을 견디게

해 줍니다. 일상의 팍팍함을 떨치고 싶다면 앤처럼 즐겁고 유쾌한 상상을 해 보는 게 어떨까요? 어떤 것도 위로가 되지 않을 때, 아무의 방해도 받지 않고 나 혼자 가만히 있으면서 상상의 세계를 펼쳐 보세요. 그것이 상상뿐일지라도, 설사 잠깐일지라도 즐거워질 수 있을 테니까요. 그리고 또 모르지요. 상상의 세계가 당신의 현실이 될지도요!

앤이 배를 타고 건너온 노섬벌랜드 해협

우리가 저 아이에게 도움이 될지도 모르잖아

We might be some good to her.

마릴라는 깜짝 놀랍니다. 오빠 매슈와 함께 마차를 타고 온 것은 기대하던 남자아이가 아니라 말라빠진 여자아이였 거든요. 도움이 되지 않으니 돌려보내자는 마릴라에게 매슈는 말합니다. "우리가 저 아이에게 도움이 될지도 모르잖아." 매슈는 이미 늙고 심장도 나쁘고 농장일이 힘에 부치는 형편이었지만, 그런데도 부모 없는 여자아이를 들여, 그 아이에게 힘이 되고 싶다고 합니다.

생각해 보세요. 나는 누구에게 힘이 되는 사람인지, 누군가에게 힘이 되는 사람이 되는 건 어떤 기분일지. 누군가에게 힘을 주고 도움이 된다는 건 정말 근사한 일입니다. 잊지 마세요. 당신은 누군가에게 분명 힘이 되는 사람이고, 힘을 줄 수 있는 사람입니다. 도움을 받을 생각만 하지 말고 다른 사람에게 힘을 주는 사람이 되어 보세요!

초록 지붕 집 앞. 사륜마차와 빨간 머리 가발 모자를 쓴 남자

이런 아침이면 왠지
세상 모든 걸 사랑할 수 있을 것 같지 않아요?

*Don't you feel
as if you just loved the world on a morning like this?*

초록 지붕 집에 도착한 앤은 행정 실수로 자신이 그곳에 오게 되었다는 사실을 알게 됩니다. 얼마나 슬펐는지, 앤은 울다 잠이 듭니다. 그리고 다음 날 아침, 잠에서 깨자 금세 끔찍한 그 사실이 떠오릅니다. 여기서 살 수 없다니! 하지만 이내 앤의 머릿속에는 다른 생각이 떠오릅니다. 지금은 아침이고 밖에는 만발한 벚꽃이 있고, 사과꽃도 가득해! 라일락 꽃 향기가 나고, 건너편에 신록의 숲이 있고, 멀리 푸른 바다가 반짝이는 아름다운 봄 풍경이 펼쳐져 있어!

앤의 눈빛은 다시 기쁨으로 빛나기 시작합니다.

맑은 날에는 창문을 활짝 열고 이 세상을 한껏 느껴 보세요. 웅크리고 있던 몸과 마음을 일으켜 보는 거예요. 앤처럼 세상 모든 것을 사랑하고 싶은 마음이 피어날지도 몰라요. 아니, 분명 그럴 거예요. 원하지 않는 현실에 맞닥뜨려 무릎이 꺾이려고 할 때면 기분 좋은 상상을 하고, 주변을 둘러보며 좋은 점을 찾아보세요. 분노와 우울함이 사라지고, 행복한 기분이 들 거예요.

맑은 하늘과 하얀 구름, 촉촉한 흙, 봄이 찾아온 초록 지붕 집

저는요, 어떤 아침이든 굉장히 기대가 돼요.
그렇지 않나요?
그날그날 어떤 일이 일어날지 모르니까
상상할 일도 아주 많거든요

All sorts of mornings are interesting, don't you think?
You don't know what's going to happen through the day,
and there's so much scope for imagination.

농장 일을 도와줄 수 있는 남자아이도 아니고, 수다쟁이
인 것도 못마땅하고. 마릴라는 앤에게 일부러 더 무뚝뚝하
게 굽니다. 하지만 앤은 기죽지 않습니다. 발랄한 음색으로
아침이 좋은 이유를 줄줄이 나열합니다. 이토록 해맑고 긍
정적인 앤에게 마릴라도 오빠인 매슈처럼 빠져듭니다.

힘겹게 눈을 뜬 아침. 오늘 처리해야 할 일, 보기 싫은 얼
굴이 떠오릅니다. 아프다고 할까? 학교 가지 말까? 사표를
내 버릴까? 온갖 생각이 떠오릅니다. 몸은 천근만근입니다.

이때, 상상의 세계가 다시 한 번 힘을 발휘합니다. 오늘 점심은 또 뭘 먹어 볼까? 커피를 사러 갔는데 이상형의 남자가 있다면? 왠지 가슴이 두근거리고 몸이 가벼워지지 않나요? 그런 일이 있을 리 없다고요? 글쎄요. 인생이란 예상할 수 없기에 더 재미있는 것이랍니다. 새로운 아침을 상상과 기대감으로 시작해 보세요!

초록 지붕 집에 있는 앤의 방

여태껏 저는 이렇게 마음만 단단히 먹으면
뭐든지 다 즐겁게 받아들일 수 있었거든요.
물론 마음을 정말로 단단히 먹어야 하지만요

It's been my experience that you can nearly always enjoy things
if you make up your mind firmly that you will.
Of course, you must make it up firmly.

앤도 이제 압니다. 마릴라가 자신을 돌려보낼 것이라는
사실을요. 매슈가 마당 문을 열어 주자 마차는 집 밖으로 따
가닥따가닥 달립니다. 결코 즐거울 수 없는 길이지만 앤은
즐겁게 가기로 마음먹습니다. 들장미를 보면서, 아름다운
바다를 보면서.

누구나 우울할 때도 있고 기분이 가라앉을 때도 있습니
다. 지극히 정상입니다. 그럴 때면 혼자서, 아무 말도 하지
않고 있는 것이 더 좋을 수 있습니다. 한 번 지나간 시간은

다시 오지 않습니다. 피할 수 없는 일이라면 당당하게 맞서고, 어차피 해야 할 일이라면 즐겁게 하세요!

앤이 시를 낭송했던 '화이트샌즈 호텔'의 모델이 된
'달베이바이더시 호텔'

"만나 뵙게 되어 정말 반갑습니다."
진심으로 말해 보세요. 마음에서 우러나오는 기쁨,
좋은 기운이 전해지는 만남은 큰 힘이 된답니다.

장미는 자기가 장미라서 정말 좋을 거예요.
그렇지 않아요?

*Don't you think
it must be glad to be a rose?*

앤은 장미를 봅니다. 마차를 타고 가는 동안에는 고아원
으로 돌아간다는 생각은 하지 않기로 했거든요. 앤은 장미
가 정말 아름답다고, 장미는 장미라서 정말 좋겠다고 부러
워합니다. 마릴라가 상상이 아닌 사실 그대로의 앤에 대해
알고 싶다고 하자 앤은 또 말합니다. 자신은 라일락과 백합
이 피어 있고, 모슬린 커튼이 걸려 있는 집에서 태어났으며,
엄마는 작고 앙상한 자신을 예쁘다고 생각했다고.

내가 나여서 다행이다, 내가 나여서 고맙다. 언제나 자신

을 긍정하고 아껴 주세요. 이 세상에 나만큼 나를 사랑해 줄 사람은 없어요. 내가 나를 사랑하지 않으면 누구도 나를 사랑해 주지 않고요. 내 자신이 실망스럽고 한심하게 느껴지더라도 나를 직시하고, 믿고, 포기하지 마세요. 나를 토닥이면서 앞으로 조금씩 나아가세요.

프린스에드워드 섬의 들장미

잘해 주고 싶어 하는 마음만 있다면,
언제나 그렇게 잘해 주지 않아도 저는 괜찮아요

And when people mean to be good to you,
you don't mind very much
when they're not quite-always.

자신을 돌봐 준 사람들이 잘해 주었느냐는 질문에 앤은
그렇다고 합니다. 잘해 주려고 했다고. 될 수 있는 대로 잘해
주려고 한 것을 안다고 말이지요. 한 예로 토마스 아주머니
는 주정뱅이 남편에 많은 아이들을 키우느라 힘들었을 거라
고, 잘해 주려는 마음이 있었던 것만으로도 고맙다고. 그 말
에 마릴라는 더 이상 질문하지 않습니다. 수다쟁이 앤도 입
을 다뭅니다. 얼마나 힘들었을지, 사랑을 갈구했을지, 진짜
가족을 가지게 되었다고 기뻐했을 이 아이가 다시 돌아가야
한다면 얼마나 슬플지. 마릴라는 마음이 아파 옵니다.

그 사람이 나에게 잘해 준 사람인지 아닌지를 생각할 때 가장 중요한 것은 '나에게 잘해 주고 싶어 하는 마음이 있었는가.' 하는 점입니다. 늘, 언제나, 항상 잘해 주었는지, 실제로 잘해 주었는지는 그다음 문제예요. 사람은 누구나 피곤할 때도 있고 정신이 없을 때도 있고, 어쩌면 자신도 모르게 실수를 할 때도 있거든요. 나한테 잘해 주고 싶은 마음이 있다면, 그 마음만으로도 고마울 수 있는 겁니다.

카벤디시의 해안과 세인트로렌스 만

세상일이라는 건
고통이나 노력 없이 지나칠 수가 없는 법이지요

We can't get through this world
without our share of trouble.

남자아이를 원했는데 왜 여자아이가 왔는지, 마릴라는 입양 절차를 밟는 데 중요한 역할을 했던 스펜서 부인을 만나 묻습니다. 스펜서 부인은 곤란해하면서도 블루엣 부인이 집안일을 도와줄 여자아이를 구한다며 앤을 그 집으로 보내자고 합니다. 그런데 마침 나타난 블루엣 부인이 앤을 아래위로 훑으며 시종일관 무시하는 태도를 보이자 앤은 새파랗게 질립니다. 그 모습을 보고 마릴라는 앤을 키우기로 마음먹습니다. 집으로 돌아온 마릴라는 오빠 매슈에게 자신들의 몫으로 주어진 어려움을 지금껏 겪지 않고 살았으니, 어쩌면 엉

망진창이 되더라도 최선을 다해 앤을 돌보자고 말합니다.

나는 불행한데 다른 사람들은 다 행복해 보인다고요? 많이들 그렇게 말합니다. 하지만 그건 착각이에요. 사람들은 자신의 고민을 일일이 말하지 않거나 굳이 드러내지 않을 뿐입니다. 불행하다고 느낀다면 나만의 극복 방법을 찾아보세요. 지금의 고난이 전화위복이 될 날이 올 거예요.

초록 지붕 집 2층에 있는 재봉실

마음속 깊은 곳에 감춰 둔 것까지
털어놓을 수 있는 단짝친구,
저는 그런 친구를 줄곧 꿈꿔 왔어요

A really kindred spirit to whom I can confide my inmost soul.
I've dreamed of meeting her all my life.

마음을 나눌 수 있는 친구를 얻는 것. 그것은 앤의 꿈 중 하나였습니다. 앤은 마침내 다이애나를 만났고, 영원히 자기 친구가 되어 달라고 말합니다. 이 두 사람은 앤의 바람처럼 친구가 되었고, 서로에게 진실할 것을 맹세합니다. 앤은 친구가 생긴 것이 너무나 기쁩니다.

정말로 자신의 가슴속 깊은 이야기를 할 수 있고, 말하지 않아도 자신의 마음을 알아주는 친구. 누구나 바라는 그런 친구지요. 바라고 바라면 정말로 그런 친구가 생길 거예요.

그런 친구가 생긴다는 것은 우리 인생의 큰 행운이자 선물
이랍니다.

앤과 다이애나 인형. '킨드레드 스피릿kindred sprits'은
관심사와 행동 방식이 꼭 닮은 사람이라는 뜻

어차피 사과를 해야 한다면
제대로 하는 편이 낫다고 생각했어요

I thought since I had to do it.
I might as well do it thoroughly.

린드 부인은 앤을 보며 삐삐 마르고 빨간 머리에다 주근
깨도 많고 못생겼다고 말합니다. 앤은 몸을 부들부들 떨며
"아주머니가 미워요! 아주머니에게 뚱뚱하고 미련하고 상
상력이라고는 눈곱만큼도 없어 보인다고 하면 기분이 어떻
겠어요?"라고 받아칩니다. 린드 부인의 행동도 바람직하지
는 않았지만, 매슈는 이 상황을 봉합하는 게 좋겠다고 생각
합니다. 그래서 앤을 불러 린드 부인에게 사과하는 게 어떻
겠느냐고 설득합니다. 매슈의 말대로 앤은 진심으로 사과를
구했고, 그 일로 린드 부인의 호감을 얻게 됩니다.

자신의 잘못을 알면서도, 인정하고 사과하는 건 창피하기
도 하고 괜한 자존심도 생겨 참 어렵지요. 하지만, 어차피 할
사과라면 애매하게가 아닌 제대로 용서를 구하는 건 어떨까
요. 진정한 사과로 인해 전보다 더욱 돈독해 지는 사이가 될
테니까요.

린드 부인의 모델인 여성이 살던 집

나에게도 집이 있어서
그 집으로 돌아갈 수 있다는 게 정말 좋아요

It's lovely to be going home and know it's my home.

린드 부인에게 사과한 뒤 앤은 마릴라와 함께 집으로 향합니다. 사과를 하고 용서를 받으니 마음이 편하고 기분이 좋습니다. 린드 부인이 준 꽃도 예쁘기만 합니다. 오늘 저녁별은 유난히 더 반짝이는 것 같습니다. 멀리 보이는 초록 지붕 집 부엌에서는 따스한 불빛이 새어 나옵니다. 앤은 행복해 마릴라의 손을 잡습니다.

큰일을 끝내고 긴장이 풀리면 집으로 가서 쉬고 싶다는 생각이 간절합니다. 우리 집, 내 집에 가서 다리 쭉 펴고 있으면 그만큼 좋은 게 없지요. 작아도 허름해도 상관없습니다. 집이라는 공간은 그 자체만으로 완벽한 휴식의 장소니까요.

해가 지기 시작한 여름날의 초록 지붕 집

조그맣고 가냘픈 손의 감촉에 마릴라의 가슴에는
따뜻하고 즐거운 감정이 솟아올랐다.
아마도 여지껏 경험해 보지 못한
모성애의 감정이었을 것이다

Something warm and pleasant welled up in Marilla's heart
at touch of that thin little hand in her own
-a throb of the maternity she had missed, perhaps.

린드 부인에게 다녀오던 길, 앤은 갑자기 마릴라의 손을
잡고 말합니다. 내 집이 있어서 집으로 돌아갈 수 있으니 정
말 좋다고. 마릴라는 가슴이 찡해집니다. 조그맣고 가냘픈
감촉에 즐거운 감정을 느낍니다. 그 전에는 한 번도 느껴 보
지 못했던 모성애였을지 모릅니다. 이런 낯선 감정은 마릴
라를 당황하게 만듭니다. 무엇이 올바른 것인지, 어떻게 행
동해야 하는지 배워 본 적도 없고 자신의 감정을 제대로 표
현하는 방법도 배우지 못한 이 아이에게 마릴라는 마음이
쓰입니다.

당신에게는 가족이 있나요? 가족을 얼마나 사랑하나요? 지금 당장 엄마의 손을, 아빠의 손을 잡아 보세요. 그리고 함께 아름다운 기억들을 떠올려 보세요. 가족이 없다고요? 사랑하는 사람도 없다고요? 그러면 눈을 감고 행복했던 기억을 떠올려 보세요. 그런 기억마저 없다면 앤이 잘하는 것처럼 즐거운 상상을 해 보세요. 가슴이 따뜻해질 거예요.

루시 모드 몽고메리가 태어난 방

착한 아이가 되면 언제까지나 행복할 거다, 앤

If you'll be a good girl, you'll always be happy, Anne.

앤이 자신의 손을 잡고 행복하다고 말하자 한 번도 느껴 보지 못한 감정이 마릴라를 압도합니다. 다정한 그 느낌이 낯설고 당황스러워 마릴라는 일부러 딱딱하게 말합니다. 착한 아이가 되면 늘 행복할 거라고요.

착한 마음이란 어떤 마음일까요? 남을 미워하지 않고 양심에 거리낌 없는 마음 아닐까요? 누군가를 미워하면 마음이 지옥 같습니다. 남이 뭐라고 하든 뚜렷한 내 주관을 가지고 너그럽게 사람을 대하세요. 누가 보든 보지 않든 나 자신에게 떳떳하게 행동하세요. 당신의 마음에 평화가 깃들 거예요.

'빨간 머리 앤 박물관'에 있는 앤 인형

오, 마릴라 아주머니, 어쩜 이리도 상냥할까요?
오, 아주머니는 저에게 정말 잘해 주세요.
오, 너무너무 고마워요

Oh, you dear good Marilla. Oh, you are so kind to me.
Oh, I'm so much obliged to you.

제대로 챙겨 주는 어른이 없었으니 소풍을 간 적도 없었
던 앤. 허름한 옷은 감수할 만하지만, 도시락을 싸 가지 못하
는 것은 못내 마음에 걸립니다. 마릴라가 도시락을 싸 주겠
다고 하자 앤은 마릴라에게 뛰어 들어 키스를 퍼붓습니다.
어린아이가 스스로 마릴라에게 키스를 해 준 것은 그때가
처음이었지요.

가까운 사람들에게 감정 표현을 잘 하는 편인가요? 웃어
주고 안아 주고 따뜻하게 말을 건네나요? 가까운 사람이니

까 표현하지 않아도 알 거라고요? 물론 가까운 사람끼리는 말하지 않아도 통하는 게 있기는 하지만 사랑하고 고마워하는 마음은 표현할 때 더 아름답습니다. 가까운 친구, 가족에게 지금 당장 말해 보세요. 사랑한다고, 고맙다고요.

프린스에드워드 섬 '달베이바이더시 호텔'의 랍스터 샌드위치

마릴라 아주머니, 무언가를 기대한다는 건
그것에서 얻는 기쁨의 반 이상이에요.
그걸 얻을 수 없을지도 모르지만,
기대하는 즐거움은 누구도 막을 수 없어요

Looking forward to things is half the pleasure of them.
You mayn't get the things themselves;
but nothing can prevent you
from having the fun of looking forward to them.

다음 주 수요일, 주일 학교의 소풍이 있는 날입니다. 앤은
무슨 옷을 입을지, 아이스크림 맛은 어떨지 기대가 됩니다.
매일매일 소풍 생각을 하고, 소풍 이야기를 하고, 소풍 가는
꿈을 꿉니다. 마릴라는 말합니다. 기대가 크면 실망도 크다
고. 하지만 앤은 생각이 다릅니다. 기대하고 상상하는 것은
즐거운 일이며, 이루어질 수 없을지 몰라도 미리 생각해 보
는 건 자유라고요. 실망하는 것보다 아무것도 기대하지 않
는 것이 더 나쁘다고요.

행복이라는 건, 기쁨이라는 건 그 특정 행위 자체에만 있는 것이 아닙니다. 그리고 기대했던 대로 일이 되지 않은 것이 실패와 같은 의미는 아닙니다. 포기만 하지 않는다면 다른 길에서 새로운 것들을 발견할 수 있거든요. 아무것도 하지 않는 것보다 무엇이라도 하는 것이 훨씬 가치 있는 일이라는 사실을 잊지 마세요.

'댄디 어뮤즈'에서 딸기잼을 곁들인 아이스크림

가까운 친구, 가족에게

지금 당장 말해 보세요.

사랑한다고, 고맙다고요.

앞으로는 절대로 그러지 않을게요.
제 장점 중 하나가
같은 실수를 두 번 하지 않는다는 거예요

I'll never do it again.
That's one good thing about me.
I never do the same naughty thing twice.

마릴라의 자수정 브로치가 없어졌습니다. 돌아가신 어머니의 추억이 깃든, 마릴라에게는 아주 소중한 브로치였지요. 그런데 이 브로치를 마지막으로 만진 사람이 앤이었습니다. 아무리 생각해도 마릴라는 앤이 브로치를 가져간 것 같습니다. 다른 사람의 물건을 함부로 건드리는 것은 나쁜 것이라고 마릴라가 매섭게 몰아붙이자 앤은 그것이 잘못이라는 걸 몰랐다며 다시는 그러지 않겠다고 말합니다.

사람은 누구나 실수를 합니다. 실패를 하기도 하고요. 실수를 하거나 어떤 일에 실패를 하더라도, 그것으로 인생 전체를 판단할 수는 없습니다. 실수나 실패를 인정하지 못하거나 그것 때문에 두 번 다시 어떤 시도도 하지 않는 것이야말로 인생을 망치는 길이지요. 두 번 다시 같은 오류를 범하지 않으면 됩니다. 훌훌 털고 다시 일어나세요!

초록 지붕 집에 있는 마릴라의 방

하지만 일단 시작했으니
후회하지는 않을 거야

But I've put my hand to the plough,
and I won't look back.

자수정 브로치는 아무리 뒤져도 보이지 않습니다. 마릴라는 앤의 소행임을 확신합니다. 하지만 앤은 잠깐 꽂아 보기는 했으나 제자리에 두었다고 답합니다. 마릴라의 이어지는 추궁에 앤은 브로치를 더 가지고 놀고 싶어서 가지고 나갔다가 호수에 빠뜨렸다고 말합니다. 그 순간, 마릴라의 가슴속에서는 화가 끓어오릅니다. 마릴라의 눈에는 앤이 뉘우치지도 않고 양심의 가책을 느끼지도 않는 것 같았거든요. 정직하고 착한 아이라고 생각했던 앤에게 실망하고, 아이를 키운다는 일에 좌절하지만 마릴라는 끝까지 포기하지 말고 앤을 잘 키우자고 자신을 채찍질합니다.

어떤 일을 일단 시작했다면 뒤돌아보거나 포기하지 마세요. 목표를 이루어가는 과정에는 실망하고 지치는 순간이 생기게 마련입니다. 그때마다 포기하고 싶은 유혹에 흔들리겠지만 포기하지 않고 계속 도전해야 하는 이유는 언제 어디서 더 좋은 보상과 결과가 있을지 모르기 때문입니다. 설령 결과가 좋지 않다 해도 당신은 많은 것을 얻을 수 있습니다. 아무도 뺏어가지 못하는 튼튼한 내공, 끝까지 나아갈 수 있는 힘 같은 것들 말이지요.

꽃이 만발한 나무와 몽고메리가 다니던 샬럿타운의 장로파 교회

이제야 내가 틀렸다는 걸 알겠구나.
너는 거짓말을 한 적이 없으니
네 말을 믿었어야 했어

But I was wrong-I see that now.
I shouldn't have doubted your word
when I'd never known you to tell a story.

세상에! 자수정 브로치는 마릴라의 검정 레이스 숄에 달려 있었습니다. 앤의 고백은 거짓말이었던 것이지요. 브로치가 사라진 것이 앤의 소행이라고 굳게 믿는 마릴라가 앤에게 소풍을 보내 주지 않겠다고 하자 앤은 궁여지책으로 자기가 가지고 나갔다가 분실한 것이라고 말을 지어낸 것입니다.

사람 사이에는 언제나 오해가 생길 수 있습니다. 이럴 때면 대개 좀 더 힘이 있는 사람이 유리하지요. 하지만 정작 그

일의 전말이 드러나게 되면 상황은 역전됩니다. 유리한 입장이었던 사람이 난감한 처지가 되는 것이지요. 이때, 이 사람이 취할 수 있는 가장 바람직한 자세는 어떤 것일까요? 자신의 잘못을 인정하는 데에는 나이가 상관없습니다. 나보다 어린 사람일지라도 군말 없이 깔끔하게 사과하세요. 그것이 자신의 존엄성을 지킬 수 있는 유일한 방법이니까요.

초록 지붕 집 2층 마릴라의 방에 있는 검은 레이스 숄

예쁜 것들이 많은 방에서는
꿈도 더 좋은 꿈을 꿀 수 있잖아요

*And you know one can dream so much better
in a room where there are pretty things.*

'초록 지붕 집의 10월은 아름다웠다. 골짜기의 자작나무들은 햇빛처럼 황금빛으로 물들고, 과수원 뒤 단풍나무는 화려한 진홍색이었으며, 오솔길 야생 벚나무의 초록 잎에는 짙은 붉은빛과 갈색빛이 내려앉아 있었다. 앤은 이런 형형색색의 세상을 한껏 즐겼다.' 앤이 침실에 푸른 항아리와 붉게 물든 단풍나무 가지를 갖다 두자 마릴라는 지저분하다며, 침실은 잠을 자는 공간이라고 말합니다. 하지만 앤은 생각이 다릅니다.

침실은 잠을 자는 곳일 뿐 아니라 멋진 꿈을 꿀 수 있는 공간이기도 합니다. 침실을 잘 정리해 보세요. 깨끗하게 정돈한 다음에는 당신이 좋아하는 것들로 꾸미고요. 당신의 정서를 안정시키고, 마음을 즐겁게 해 주는 분위기는 정말 중요하답니다.

초록 지붕 집의 손님용 침실

앤은 최선을 다해 공부했다.
어떤 과목도 길버트 블라이드에게
뒤지지 않겠다고 결심했기 때문이다

She flung herself into her studies heart and soul,
determined not to be outdone in any class by Gillbert Blythe.

앤은 머리카락이 빨간색이면 누구나 완전히 행복할 수는 없다고, 빨간 머리카락을 평생 짊어져야 할 슬픔이라고 생각합니다. 그런데 자신의 심각한 고민거리 빨간 머리를 '홍당무'라고 놀리다니, 앤은 길버트를 용서할 수 없습니다. 길버트한테는 아무것도 지기가 싫습니다. '길버트가 받아쓰기에서 일등을 하면 다음에는 빨간 머리 앤이 보란듯이 길버트를 눌렀다. 어느 아침에 길버트가 수학 시험에서 백 점을 맞아 명예롭게 칠판에 이름을 올리면, 그날 오후 앤은 십진법과 분투해 다음 날 아침에 자신의 이름을 칠판에 올렸다.'

'이건 반드시!'라고 생각한 게 있다면 몸과 마음을 다해 최선을 다하세요. 인생에는 목표를 향해 뛰어야 하는 시기가 있답니다. 목표를 세웠으면 게으름 피우지 말고 조금 더 참아 보세요. 포기하지 않고 노력한다면 반드시 목표를 이룰 수 있습니다.

몽고메리가 가르쳤던 로어 베데크의 학교.
여우가 어디론가 뛰어가고 있다.

이렇게 재미있는 세상에 살면서
언제까지나 슬퍼하고만 있을 수는 없잖아요.
그렇지 않나요, 마릴라 아주머니?

*Marilla, one can't stay sad very long
in such an interesting world, can one?*

앤은 같이 놀자고 다이애나를 집으로 부릅니다. 그리고
딸기 주스를 준다고 주었는데, 알고 보니 그것은 포도주였
습니다. 다이애나의 엄마는 술 취한 딸을 보고 깜짝 놀라 앤
과는 다시 놀지 못하게 합니다. 앤이 슬퍼하자 루비 길리스
는 앤에게 자두를 주고, 엘라 메이 맥퍼슨은 노란 팬지 사진
을 줍니다. 같이 놀지는 못하지만 다이애나는 편지를 써서
앤에게 주었고요. 앤은 조금씩 힘을 얻습니다. 세상에는 이
렇게 좋은 일도 재미난 일도 많은데, 슬픔에 빠져 있을 수만
은 없으니까요!

세상에는 온갖 재미있는 일들이 넘쳐납니다. 혹시 요즘 우울한가요? 기분이 좋지 않아 아무도 만나지 않고, 아무것도 하지 않는다고요? 괜찮아요. 누구나 그럴 때가 있어요. 하지만 오랫동안 그 상태였다면, 너무 오래 그러고 있다는 생각이 든다면 몸을 일으켜 집 밖으로 나가 보세요. 사람들이 오가는 모습을 보고 햇빛을 느껴 보세요. 애정을 갖고 보면 세상에는 크고 작은 재미난 일들이 가득하답니다. 나에게 재미를 주는 것들을 찾아보세요.

민들레 솜털이 탐스러운 프린스에드워드 섬의 목장

지난 일들은 망각의 덮개로 덮어 버리려고요

I shall cover the past with the mantle of oblivion.

엄마 아빠가 외출한 사이에 다이애나의 동생 미니 메이는 열이 펄펄 납니다. 당황한 다이애나는 앤에게 도움을 요청하고, 앤은 과거 경험을 바탕으로 미니 메이를 정성껏 간호합니다. 외출했다 돌아온 배리 부인은 앤이 미니 메이의 생명을 구했다며, 오해했던 걸 용서해 달라고 앤에게 사과합니다. 그리고 다이애나와 다시 좋은 친구가 되기를 바란다고 말하지요. 그러자 앤은 이에 대한 답으로 이제 지난 일들은 망각의 덮개로 덮어 버리겠다고 합니다.

힘들었던 일, 나쁜 기억, 고통스러웠던 과거는 모두 잊으세요. 내게 상처를 준 사람을, 일을 내 기억의 주인으로 만들지 마세요. 시간은 앞으로 가고 있습니다. 과거라는 짐에 묶여 시간을 버리지 마세요. 분노와 억울함으로 가득한 기억은 떨치고 좋은 생각, 기쁜 마음으로 오늘을 알차게 살면서 새로운 기억을 만드세요.

루시 모드 몽고메리 생가 근처에 있는 선착장

배리 부인의 잘못을
저는 은혜로 갚고 있다는 기분이 들었어요

I felt that I was heaping coals of fire on Mrs Barry's head.

배리 부인은 앤이 다이애나에게 술을 주었다는 이유로 다이애나에게 앤과 만나지 말라고 합니다. 앤이 일부러 그런 것도 아니건만 배리 부인은 단호했습니다. 그런데 그렇게도 냉정하게 앤을 밀어내던 부인이지만 다이애나의 동생인 메이가 후두염으로 위험한 순간을 맞았을 때 앤이 보살펴 주어 낫게 되자 부인은 앤에게 사과를 합니다. 부인에게 사과를 받은 앤은 구구절절 따지지 않고 깔끔하게 그냥 잊겠다고 말합니다.

'눈에는 눈, 이에는 이. 똑같이 갚아 주고 말 테야.' 억울한 상황에 처하면 가장 먼저 드는 생각일지도 모르겠습니다. 하지만 욕심에 끝이 없듯 복수에도 끝이 없습니다. 똑같이 되갚아 주면 후련할 것 같지만, 곧 그것만으로는 부족하다는 생각을 하게 됩니다. 그럴 때면 깊게 숨을 쉬고 차분하게 마음을 가라앉혀 보세요. 나그네의 옷을 벗기는 것은 세찬 바람이 아니라 따스한 햇볕이라는 것도 떠올려 보고요.

프린스에드워드 섬 인디안 리버의 성모마리아 교회

머릿속에 순간 뭔가가 떠오르면
바로 표현해야 해요.
생각하다 멈추면 엉망이 되어 버리거든요

Something just flashes into your mind, so exciting,
and you must out with it.
If you stop to think it over you spoil it all.

앤은 다이애나의 집에 놀러 갑니다. 그리고 그날 밤, 손님 방에서 자기로 합니다. 그 순간, 번뜩 재미있는 생각이 머리를 스칩니다. 손님방 침대까지 누가 더 빨리 가나 시합을 하기로 한 두 소녀. 손님방으로 들어가 동시에 침대로 뛰어올랐는데…… "아이고!" 하는 비명과 더불어 뭔가 꿈틀대지 않겠어요? 예상보다 일찍 다이애나의 집을 방문한 조세핀 할머니였지요. 이 일을 계기로 조세핀 할머니와 앤은 나이를 뛰어넘어 좋은 친구가 됩니다.

머릿속에 아이디어가 퍼뜩 떠오르는 순간이 있지요. 그렇다면 꼭 말이나 글로 표현하세요. 말보다는 글로 적어 두는 것이 좋고, 더 중요한 것은 행동으로 옮기는 거예요. 당신의 머릿속에 떠오른 귀중한 아이디어들을 하나하나 실천해 보세요.

프린스에드워드 섬의 초여름을 장식하는 루피너스

힘든 일도 있었지만,
시간이 지나니 그것도 추억이 되네요

I've had my troubles,
but one can live down troubles.

다시 봄이 찾아왔습니다. 앤이 초록 지붕 집에 온 지도 벌써 일 년이 되었지요. 그동안 앤에게 즐거운 일만 있었던 것은 아닙니다. 분하고 슬프고 억울한 일도 있었지만 앤은 특유의 긍정성으로 모두 이겨냈습니다. 앤은 말합니다. 지난 일 년 동안 정말 행복했으며, 앞으로 더 나아질 것이라고요.

누구에게나 힘든 시간이 있고, 인생의 전환점이 되는 순간이 있습니다. 시간은 우리를 철 들게 하고 상처를 치료해 줍니다. 깊은 상처, 날카로운 통증은 세월에 무뎌지고 시각은 넓어지기 때문이지요. 내 의지로 도무지 어찌할 수 없는 아픔이 있다면 세월의 흐름에 맡겨 보세요.

꽃망울을 터뜨리는 사과꽃

정말로 자신의 가슴속 깊은 이야기를 할 수 있고,
말하지 않아도 자신의 마음을 알아주는 친구.
그런 친구가 있다는 것은
우리 인생의 큰 행운이자 선물이랍니다.

아, 정말이지 세상에는
만남과 헤어짐밖에 없는 것 같아요

Dear me,
there is nothing but meetings and partings in this world.

필립스 선생님이 학교를 떠나던 날, 여자아이들은 울음을 터뜨립니다. 앤은 울지 않으려고 했지만 결국 엉엉 울어 버리고 말지요. 손수건이 두 장이나 필요할 정도로요. 선생님을 썩 좋아한 것은 아니지만 학교에서 떠들고 선생님 그림을 그리고……. 앤은 자신이 했던 일들을 후회합니다. 그리고 새로 부임한 스테이시 선생님의 관대함과 따뜻함, 신선한 수업 방식에 영향을 받아 교사가 되는 꿈을 꾸게 됩니다.

만남을 통해 우리는 새로운 사람을 알게 되고, 사랑을 하게 되고, 낯선 세계에 눈을 뜨게 됩니다. 하지만 영원히 지속되는 관계는 없습니다. 이사, 전학, 전근, 실연, 이혼, 죽음 등 많은 이유로 이별하게 되지요. 이별을 통해 우리는 슬픔과 아픔, 때로는 후련함을 경험합니다. 이렇게 만남과 헤어짐을 반복하면서 인간은 한층 단단해지고 성숙해지는 것이지요.

몽고메리가 교사로 근무한 '로어 베데크 학교'

새 목사 부부는
젊고 붙임성이 좋았으며 아직 신혼이었고,
자신들이 선택한 일생의 일에
선하고 아름다운 열정을 가지고 있었다

The new minister and his wife were a young,
pleasant-faced couple, still in their honeymoon,
and full of all good and beautiful enthusiasms
for their chosen life-work.

새로 부임한 앨런 목사 부부는 매력적이었고, 에이번리 사람들은 이들에게 처음부터 마음을 열어 주었습니다. 물론 앤도 그랬지요. 특히 앨런 부인은 호기심 넘치고 질문이 많은 앤을 귀찮아 하지 않고 앤이 하는 질문에 친절하게 잘 대답해 주었습니다. 앤이 외로웠던 어린 시절에 대해 이야기할 때도 잘 이해해 주었고요.

어떤 일에 내 인생을 걸 것인가 결정했다면 자신의 선택을 믿으세요. 그리고 몸과 마음을 다해 최선을 다하세요. 24

시간 365일 내내 심신을 혹사하라는 뜻은 아닙니다. 인생은 마라톤이니까요. 힘들고 지칠 때도 있겠지만, 일은 정말 중요합니다. 당신이 선택한 그 일은 소중한 일상을 지탱해 주고, 당신을 독립적인 한 인간으로 살 수 있게 해 줄 겁니다.

학창 시절, 루시 모드 몽고메리가 다닌 교회

벨 장로님은 물론 좋은 분이시죠.
하지만 그분은 신앙을 통해
어떤 위로도 받지 못하시는 듯해요.
좋은 사람이 될 수 있다면
저는 하루 종일 춤추고 노래할 것 같아요

He's good, but he doesn't seem to get any comfort out of it.
If I could be good
I'd dance and sing all day because I was glad of it.

앤은 마릴라에게 주일 학교 교장인 벨 장로님에 대한 생각을 솔직하게 말합니다. 좋은 사람이지만 우울하고 이야기도 지루하다고요. 마릴라는 앤에게 벨 장로님에 대해 그렇게 말하지 말라고 합니다. 어쩌면 이때 마릴라는 뜨끔했을지 모릅니다. 굳이 따지자면 마릴라는 벨 장로님과 성격이 좀 비슷한 편이니까요. 하지만 앤을 통해 마릴라도 배웠을 겁니다. 꼭 주변 사람을 행복하게 해 주어야만 좋은 사람은 아니지만, 정말로 좋은 사람은 주변 사람까지도 행복하게 해 준다는 사실을요.

나쁜 마음이 들고 한심한 짓을 할 때가 있다고요? 자신이 실망스럽다고요? 괜찮습니다. 당신에게는 그것을 바로 잡을 수 있는 힘이 있으니까요. 좋은 사람, 착한 사람이 되고 싶은 마음이 있다면 정말로 그렇게 될 수 있습니다. 언제까지나 그 마음을 잃지 마세요.

샬럿타운의 축제, 뮤지컬 '빨간 머리 앤'의 포스터

마릴라 아주머니,
내일은 아직 어떤 실수도 하지 않은
새로운 하루라고 생각하면 기쁘잖아요.
그렇게 생각하는 게 좋겠지요?

Marilla, isn't it nice to think
that tomorrow is a new day with no mistakes in it yet?

앤은 앨런 부인을 잘 대접하고 싶어 바닐라 향료를 넣어 케이크를 만들고 장미와 고사리로 식탁을 아름답게 꾸몄습니다. 하지만 먹음직스러워 보이는 그 케이크에는 바닐라가 아니라 진통제가 들어 있었어요. 마릴라가 지난주에 진통제 병을 깨뜨리는 바람에 남은 진통제를 빈 바닐라 병에 넣어 두었는데, 앤은 그걸 몰랐거든요.

오늘 실수는 오늘까지만! 내일까지 그 실수를 가지고 가지 마세요. 내일은 아무것도 실수하지 않은 새로운 날이잖아요. 오늘 실수 때문에 내일을 망치지 마세요. 내일부터는 또 다른 인생이 시작됩니다. 매일매일을 세상의 첫날처럼 새로운 마음으로 시작해 보세요!

서머사이드에 있는 '로얄리스트 호텔'의 케이크와 초콜릿

때로는 작은 '칭찬'이 세상 그 어떤 교육보다 더 좋은 효과를 발휘할 수도 있어요

A little 'appreciation' sometimes does quite as much good as all the conscientious 'bringing up' in the world.

앤을 키우는 것은 사실 동생인 마릴라의 몫입니다. 마릴라는 앤이 예의 바르고 성실하며 집안일도 잘하는 여자가 되기를 바랍니다. 그래서 앤을 엄하게 대합니다. 매슈는 그림자처럼 조용히 티 나지 않게 앤의 마음을 헤아리고, 칭찬하고, 격려해 줍니다. 마릴라와 매슈가 잘 보살펴 주는 덕분에 앤은 똑똑하고 상냥하며 배려심 많은 사람으로 커 갑니다.

칭찬은 고래도 춤추게 한다지요. 칭찬을 들으면 누구나 기분이 좋아집니다. 힘이 납니다. 그런데 칭찬은 왜 힘이 될까요? 칭찬을 들으면 왜 또 칭찬을 받고 싶어질까요? 칭찬은 자신감과 마음의 여유를 갖게 해 줍니다. 자신감과 여유가 있으면 도전 의식과 문제해결력도 좋아집니다. 더 좋은 사람이 되고 싶게 만들고요. 주변 사람의 장점을 찾아 칭찬하고, 나 자신도 칭찬해 주세요. 더 멋진 당신이 될 거예요.

농기구, 마차, 마구를 보관하는 초록 지붕 집의 창고

결코 쉬운 일은 아니지만 해내야겠지

Get the worst over and have done with it.

매슈는 여자아이들을 보다가 앤이 다른 아이들과 뭔가 다르다는 것을 알게 됩니다. 그런데 아무리 생각해도 좀체 무엇이 다른지 알 수 없었지요. 하지만 매슈는 드디어 답을 찾아냅니다. 앤의 옷소매가 다른 아이들이 입은 옷과 달랐던 것입니다. 매슈는 조금 비싸더라도 앤에게 꼭 새 옷을 사 주기로 마음먹고 잠자리에 듭니다. 사실, 여자아이의 옷을 산다는 것은 매슈에게 정말이지 커다란 도전이자 숙제 같은 일이었지요.

꼭 해야 하는 일이 있습니다. 그런데 잘하지도 못하고 해 본 적도 없는 일이라 자꾸 망설이게 됩니다. 시간은 속절없이 흘러갑니다. 이런 경험, 누구나 해 보았을 것입니다. 크게 숨을 들이쉬고 과감하게 시작해 보세요. 의외로 생각보다 힘들지 않을 수도 있어요. 심지어 꽤 즐거운 경험이 될 수도 있답니다!

퍼프소매의 화려한 드레스. 몽고메리가 처녀 시절에 만든 스크랩북

피와 살로 만들어진 사람을
수학 규칙처럼 다룰 수는 없지

But flesh and blood don't come under the head of arithmetic.

마릴라는 아이를 키워 본 적이 없어서 모르는 것이 많습니다. 유행을 따르지 않고 검소하게 옷을 입는다고 해서 겸손해지리라는 보장이 없는데도 마릴라는 그렇게 생각하는 것 같습니다. 수학 문제는 이렇게 하면 저렇게 될 것이라는 예상이 가능하지만, 피와 살로 만들어진 사람은 그렇지 않다는 것을 마릴라도 언젠가는 알게 되겠지요. 린드 부인은 매슈의 부탁으로 앤이 입을 원피스를 만듭니다. 프릴과 셔링이 잡힌 치마, 퍼프소매가 달린 예쁜 원피스를요!

인간은 모두 독립적인 존재입니다. 같은 것을 봐도 다르게 생각하고, 같은 것을 먹어도 다르게 느낍니다. 타고난 기질과 지능, 몸을 가지고 외부 자극을 자기 나름의 방식으로 해석하고 반응합니다. 그래서 답이 하나뿐인 수학 문제처럼 예상 가능한 존재가 절대로 아닌 것이지요. 그러니 상대의 반응이 내가 기대하거나 예상한 것과 다르다고 해도 화를 내거나 실망하지 마세요.

프린스에드워드 섬에 있는 역사 마을 '오웰 코너 시대촌'에 만개한 꽃

맞아요, 초록색이에요.
어떤 색이라도 빨간색보다는 나을 것 같았어요.
하지만 초록 머리는 빨간 머리보다
열 배는 더 흉하다는 걸 이제야 알았어요

I thought nothing could be as bad as red hair.
But now I know it's ten times worse to have green hair.

마릴라는 앤이 베개에 얼굴을 파묻고 침대에 엎드려 있는 것을 보았습니다. 자는 것도 아니고 아픈 것도 아니라면서 앤은 자꾸만 베개 속으로 파고듭니다. 마릴라가 무슨 일인지 당장 말하라고 하자 앤은 고개를 듭니다. 촛불을 치켜든 마릴라는 앤의 머리카락을 보고는 깜짝 놀랍니다. 세상에, 초록 머리카락이라니! 마릴라는 지금껏 이런 괴상한 머리카락은 본 적이 없었어요.

콤플렉스 없는 사람은 없습니다. 눈이 작아서, 주근깨가

많아서, 키가 커서, 덧니 때문에 고민입니다. 그런데 재미난 점이 있습니다. 어떤 사람은 자랑스럽게 생각하는 것을 어떤 사람은 콤플렉스라고 하고, 어떤 사람이 콤플렉스라 하는 것을 어떤 사람은 매력이라고 느끼기도 한다는 것입니다. 한마디로 콤플렉스는 생각하기 나름이라는 뜻이지요.

따뜻한 차를 마실 수 있는 예쁜 찻잔

누군가를 속일 때 우리는
자기 자신을 옭아 맬 거미줄을 짜고 있는 거야

what a tangled web we weave
when first we practice to deceive.

빨간 머리가 너무 싫은 앤은 유혹에 빠져 버렸습니다. 칠흑같이 검게 될 거라고 믿고 염색약을 산 것이지요. 하지만 머리카락은 검은색이 아니라 초록색이 되어 버립니다. 빨간 머리를 검은 머리라고 속이고 싶었던 앤은 후회막심입니다. 앤이 인용한 위 문장은 월터 스콧이 쓴 「마미온Marmion」이라는 시의 한 구절입니다.

거짓말은 눈덩이처럼 불어나는 속성이 있습니다. 한 번 거짓말을 하면 들키지 않기 위해 또 거짓말을 해야 하고, 또 거짓말을 해야 하거든요. 그래서 처음부터 아예 거짓말을 하지 않는 것이 상책입니다. 만약 이미 거짓말을 했다면 지금이라도 고백하고 당당해지세요. 거짓말을 하는 사람 곁에는 아무도 남지 않습니다. 인간관계의 기본은 신뢰니까요.

이른 봄, 초록 지붕 집 냇가에 돋아난 고사리

좋은 사람이 되는 데 최선을 다할 거예요.
절대로 예뻐지려고 힘쓰지 않겠어요

*I mean to devote all my energies to being good after this
and I shall never try to be beautiful again.*

앤의 초록 머리는 구제할 방법이 없었습니다. 마릴라는
앤의 머리를 짧게 자르지요. 월요일, 앤은 학교에서 굉장한
관심을 일으킵니다. 조시 파이는 앤더러 허수아비 같다면서
비웃었지요. 앤은 그런 조시를 한 번 노려보기만 하고 용서
해 줍니다. 누구를 용서해 줄 때는 고결한 기분이 드니까요.
앤은 집으로 돌아와 마릴라에게 말합니다. 앞으로는 예쁜
사람이 아니라 마릴라나 앨런 부인이나 스테이시 선생님처
럼 좋은 사람이 되겠다고요. 마릴라에게도 자랑스러운 아이
가 되겠다고요.

예뻐지고 싶다! 사람들은 외모에 많은 투자를 합니다. 시간과 관심을 그야말로 아낌없이 투자하지요. 그런데 마음은요? 아름다운 마음을 갖기 위해 당신은 어떤 노력을 하고 있나요? 현실이 그저 불만스럽고, 다른 사람에 대한 질투와 시기로 마음이 괴롭다면 아무리 외모를 꾸며도 예쁘게 보이지 않을 거예요. 어두운 에너지가 당신을 따라 다닐 테니까요. 당신의 마음을 예쁘게 꾸며 주세요.

초록 지붕 집 박물관

여유를 가지고 낭만적인 마음을 가져 보세요.

세상이 조금은 더 아름다워 보일 거예요.

낭만을 완전히 포기하지는 말아라, 앤.
조금은 낭만적인 게 좋아. 물론 너무 심하면
안 되지만 조금은 그런 게 좋아, 앤

Don't give up all your romance, Anne,
a little of it is a good thing
-not too much, of course- but keep a little of it, Anne.

낭만적인 것을 좋아하는 앤은 지난겨울 학기에 공부한 알
프레드 테니슨의 시에서 영감을 받아 친구들과 연극을 하기
로 했습니다. 자신이 죽으면 배에 실어 사랑하는 사람에게
닿을 수 있도록 해 달라고 한 백합 아가씨 일레인의 이야기
를 재현해 보기로 했지요. 앤은 천천히 떠내려가며 몇 분 동
안은 낭만적인 기분을 만끽했습니다. 하지만 이내 배에 물
이 들어오는 바람에 커다란 나무 기둥을 기어올라야 하는,
전혀 낭만적이지 않은 상황에 부닥쳤지요. 앞으로는 지나치
게 낭만적인 걸 좋아하지 않겠다는 앤에게 매슈는 그래도

조금은 낭만적인 것이 좋다고 말합니다.

낭만은 매우 정서적이며 감미로운 분위기나 심리 상태를 말합니다. 현실적이고 이성적인 것과는 거리가 멀지요. 인생은 녹록치가 않은 것이라 우리는 나이를 먹을수록 낭만을 잃어 갑니다. 어떤 것이 유리한지 불리한지, 손해인지 이득인지, 필요한지 필요 없는지 하나하나 따지기 십상입니다. 여유를 가지고 낭만적인 마음을 가져 보세요. 세상이 조금은 더 아름다워 보일 거예요.

오웰 코너 시대촌의 풍경

오늘 저녁은 꼭 보랏빛 꿈 같지 않니, 다이애나?
이런 날이면 정말이지 살아 있다는 사실이 기뻐.
아침이면 늘 아침이 최고 같은데,
저녁이 되면 또 저녁이 더 나은 것도 같아

Isn't this evening just like a purple dream, Diana?
It makes me so glad to be alive.
In the mornings I always think the mornings are best;
but when evening comes I think it's lovelier still.

9월의 저녁, 앤은 방목장에서 연인의 오솔길을 따라 소를 몰고 집으로 돌아옵니다. '숲의 빈터며 나뭇잎이 그림자를 드리우지 않는 곳에는 루비빛 석양이 가득 내려앉아 있었다. 길가 여기저기에는 석양이 비껴 있었지만, 단풍나무 아래로는 이미 어둠이 내려 앉아 있었다. 꼭대기로 부는 바람에 전나무 잎새가 바스락거리는 소리가 그 어떤 음악보다도 감미로웠다.' 앤이 아침 못지않게 좋아한 저녁 풍경은 이런 모습입니다.

창문을 열고 맑고 눈부신 아침을 느껴 보세요. 붉은 노을을 보며 아릿하고 찬란한 저녁을 느껴 보세요. 아침이 왜 좋은지, 저녁이 왜 좋은지 온몸으로 느끼게 되면 매일매일 살아 있다는 것이 즐거울 거예요.

프린스에드워드 섬의 아름다운 저녁놀

예쁜 옷을 입으면 착해지기가 훨씬 쉬워.
적어도 나는 그래

It is ever so much easier to be good
if your clothes are fashionable. At least, it is easier for me.

매슈는 마릴라가 아니라 린드 부인에게 앤의 드레스를 부탁했습니다. 마릴라는 옷에 주름을 많이 잡으면 천을 낭비한다고 싫어하거든요. 앤이 새 드레스에 완전히 반하자, 마릴라는 매슈가 린드 부인에게 또 다시 옷을 부탁하지 않도록 예쁘게 옷을 만들어 줍니다. 앤은 정말 기분이 좋습니다. 그만 생각하려고 해도 앤의 머릿속에는 자꾸만 새 옷을 입고 새 모자를 쓰고 교회 복도를 걸어가는 자신의 모습이 떠오릅니다.

자신이 좋아하는 예쁜 옷을 입으면 기분이 좋고 자신감이 생깁니다. 다른 사람의 말이나 행동에 대해서도 관대해지고요. 옷은 이처럼 우리의 정서와 밀접한 관련이 있습니다. 마음에 드는 옷을 입는 것은 오늘 하루를 즐겁고 행복하게 보낼 수 있는 방법 중 하나랍니다!

샬럿타운에서 공연하는 뮤지컬 '빨간 머리 앤'에서
주인공 앤이 입는 드레스

아, 살아 있는 것도,
집으로 가는 것도 정말 좋아!

Oh, but it's good to be alive and to be going home.

앤과 다이애나는 샬럿타운에 사는 배리 할머니 댁으로 갑니다. 벨벳 양탄자에 실크 커튼은 눈부시고 손님방은 아름다웠어요. 박람회는 재미있고, 경마는 흥미진진했으며, 아이스크림은 또 얼마나 맛있었는지 모릅니다. 살아 있어서 이런저런 경험을 할 수 있고, 신나게 즐긴 뒤에는 돌아갈 내 집이 있어서 앤은 정말 행복합니다.

떠난다는 것은 설레는 일입니다. 가슴이 두근두근하지요. 그런데 재미있는 것은 여행의 좋은 점 중 하나가 집으로 돌아오는 것이라는 점입니다. 떠나 보지 않으면 알 수 없는 집의 소중함을 알 수 있게 해 주는 것이 여행이기도 하지요. 긴 여행이 아니더라도 매일매일 돌아갈 집이 있다는 것, 살아서 집으로 갈 수 있다는 사실이 얼마나 감사한지 다시 한번 되새겨 봐야겠습니다.

'킨드레드 스피릿 컨트리 인 호텔'에서

매슈 오라버니와 내가 너를 받아들였을 때,
우리는 너에게 최선을 다하고 교육도 잘 시키기로
결심했다. 꼭 그럴 필요가 없다고 해도
나는 여자도 자기 혼자 힘으로 살 수 있도록
돈을 버는 게 좋다고 생각해

When Matthew and I took you to bring up
we resolved we would do the best we could for you
and give you a good education.
I believe in a girl being fitted to earn her own living
whether she ever has to or not.

스테이시 선생님은 마릴라를 찾아와 앤을 퀸스 입학시험
준비반에 넣어도 될지 물어봅니다. 앤이 원한다면 마릴라는
기꺼이 그렇게 할 생각이었습니다. 마릴라와 매슈는 앤을
받아들일 때부터 앤에게 최선을 다하기로 결심했거든요. 교
육도 잘 시키고요. 정말로 선생님이 되고 싶지만 학비 때문
에 차마 말하지 못했던 앤은 마릴라를 껴안고 마음 깊이 감
사를 표합니다.

남자는 바깥일 여자는 집안일, 성역할이 분명한 시대가 있었습니다. 남자는 돈을 벌고, 여자는 집에서 살림만 하는 것이 당연했습니다. 아주 오랫동안 그랬지요. 그러다 보니 여자는 남성에게 예속되어 자신의 주체적인 삶을 살기가 어려웠습니다. 하지만 요즘은 여성들이 일하는 것이 당연시되고 있지요. 누구에게도 기대지 않고 자립하기 위해서는 경제적인 독립이 가장 중요합니다.

뮤지컬 '빨간 머리 앤' 50주년 전에 전시했던 루시 모드 몽고메리의 사진

즐거운 마음으로 정해진 일과와
공부를 하는 동안 겨울이 지나갔다.
앤에게는 하루하루가 일 년이라는
목걸이에 꿰인 황금 구슬처럼 흘러갔다

The winter passed away in a round of pleasant duties and studies.
For Anne the days slipped by
like golden beads on the necklace of the year.

퀸스 입학시험 준비반에 들어간 앤은 열심히 공부합니다. 주일 학교 성가대에 성실하게 나가고, 토요일 오후에는 목사관에서 앨런 부인과 즐거운 시간을 보냈지요. 모든 게 흥미롭고, 재미있고, 행복했지요. 그렇게 지내다 보니 어느 새 초록 지붕 집에는 새 봄이 찾아왔고, 세상은 다시금 꽃을 피우고 있었습니다.

당신의 오늘은 황금 구슬입니다. 아무 일도 없었더라도, 설사 끔찍한 하루였다 하더라도 반짝이는 하루입니다. 우리에게 주어진 시간은 유한합니다. 유한하기 때문에 우리의 삶은, 우리의 하루하루는 반짝이는 것입니다. 하루하루가 쌓여 일 년이 되고, 일 년이 쌓여 당신의 인생이 됩니다. 한 번뿐인 오늘, 다시는 오지 않을 오늘을 더욱 반짝이게 만들어 보세요!

뮤지컬 '빨간 머리 앤' 50주년 전에 전시했던 루시 모드 몽고메리의 목걸이

알프스와 알프스 너머의
끝없는 언덕들이 보였다

Hills peeped o'er hill and Alps on Alps arose.

앤은 조금씩 더 성장합니다. 신체적인 변화 못지않게 다른 점들도 뚜렷이 달라집니다. 여전히 생각도 많이 하고 꿈도 많이 꾸지만 말수가 부쩍 줄었습니다. 사람들이 자신의 생각을 웃어 넘겨 버리거나 이상하게 여기는 게 싫어진 것입니다. 배워야 할 것은 많고 할 일도 많아졌습니다. 학교 공부는 재미있지만 교실에서의 경쟁은 여전했고, 입학시험에 불합격할 수도 있다는 생각에 시달립니다. 합격자 명단에 자기 이름만 빠져 있는 악몽을 꾸기도 합니다.

알프스는 높고 험준하기로 이름난 산입니다. 군데군데 빙하도 있고요. '알프스와 알프스 너머의 끝없는 언덕들이 보였다.'는 영국의 시인이자 비평가인 알렉산더 포프가 한 말입니다. 인생이 녹록치 않은 것이라는 것을 알프스를 빗대 말한 것이지요. 인생은 누구에게나 힘든 것입니다. 삶의 본질은 바뀌지 않는 것, 하루하루 즐거운 마음으로 앞으로 나아가는 것만이 우리가 할 수 있는 최선입니다.

프린스에드워드 섬의 풍경과 드넓은 하늘

힘이 나지 않아도 힘을 내야 해!

If you can't be cheerful, be as cheerful as you can.

스테이시 선생님의 임기도 끝나가고 앤이 학교를 떠날 날
도 가까워집니다. 이별은 너무나 힘듭니다. 하지만 슬퍼하
고 있을 수만은 없습니다. 입학시험이 기다리고 있으니까
요. "힘이 나지 않아도 힘을 내야 해!" 앤은 자신이 좋아하
는 린드 부인이 했던 말을 떠올리며 힘을 냅니다.

태어나고 싶어 태어난 사람은 없습니다. 태어날 때 우리
에게는 아무런 선택권이 없었습니다. 하지만 어떻게 살지는
우리에게 선택권이 있습니다. 어떻게 살아야 내가 행복할

지, 어떤 마음가짐으로 사는 것이 좋은지 잘 생각해 보세요. 인생은 한 번뿐이랍니다.

초록 지붕 집 앞뜰에 핀 금낭화

내가 기하 시험을 망치든 말든
해는 뜨고 또 지겠지

The sun will go on rising and setting
whether I fail in geometry or not.

입학시험은 끝이 났습니다. 그런 대로 모두 잘 치렀지만, 기하 과목은 영 자신이 없습니다. 왠지 떨어질 것 같은 나쁜 예감이 듭니다. 합격자 명단이 발표되기 전 3주 동안 앤은 식욕이 떨어지고 모든 일에 흥미가 뚝 떨어집니다. 앤은 자신이 합격하지 못한다면 차라리 해가 뜨지 않았으면 좋겠다고 생각합니다. 물론 자신이 합격하든 말든 해는 또 다시 떠오르고 지겠지만요.

엄청난 실수를 했어도, 어떤 일에 실패를 했어도, 끔찍한 창피를 당했어도 마음을 편하게 가지세요. 앞으로 달라질 수도 있고, 만회할 기회도 있을 테니까요. 자신을 믿고 꿋꿋이 앞으로 나가세요. 포기하지 마세요. 내일은 내일의 해가 뜹니다. 어떤 일이 있어도 해가 뜨지 않는 날은 없습니다. 해가 뜨고 지듯이 꿋꿋하게 앞으로 걸어 나가세요.

이른 봄, 아침 햇살을 받아 빛나는 초록 지붕 집의 뜰

앤, 너에게는 뭔가 근사한 분위기가 있어.
고개를 위로 치켜들고 다니는 것도 그렇고

There's something so stylish about you, Anne,
You hold your head with such an air.

미국인들이 여름 휴가차 오는 화이트샌즈 호텔에서 행사
가 열립니다. 샬럿타운 병원을 돕기 위한 이 행사에는 화이
트샌즈 침례교회 성가대, 뉴브리지의 바이올린 연주자 등
많은 사람들이 자신의 재능을 기부하러 오기로 되어 있었지
요. 앤은 시를 낭송할 예정이었고요. 옷 잘 입기로 소문난 다
이애나의 조언대로 앤은 흰색 드레스를 입고 머리는 굵게
두 갈래로 땋고, 우윳빛 가는 목에는 매슈가 사 준 진주 목걸
이를 하지요. 치장을 끝낸 앤을 보며 다이애나가 진심으로
감탄하듯 말합니다.

어느 브랜드의 얼마짜리 옷인가. 어떤 사람들은 이 점을 매우 중요하게 생각합니다. 하지만 아무리 좋고 비싼 옷을 입어도 자신감이 없다면 싸구려 옷을 걸친 것처럼 볼품이 없습니다. 당신을 멋지고 더욱 돋보이게 해 주는 것은 비싼 옷이 아니라 당당하고 교양 있는 행동입니다. 허리를 곧게 펴고 머리와 턱을 들어 보세요. 그리고 다른 사람과 구별되는 당신만의 분위기를 만들어 보세요.

켐벨가 2층. 몽고메리가 항상 머물던 방. 빨간 머리 앤 박물관

창문을 열고 맑고 눈부신 아침을 느껴 보세요.

살아 있는 것이 기쁘고

매일매일 살아 있다는 것이 즐거울 거예요.

아, 꿈이 있다는 건 즐거운 일이야.
하고 싶은 일이 많아서 정말 좋아.
꿈은 끝이 없어. 하나를 이루면 또 다른 꿈이
더 높은 곳에서 반짝이는 게 보여.
그래서 인생은 재미있는 거야

Oh, it's delightful to have ambitions. I'm so glad I have such a lot.
And there never seems to be any end to them- that's the best of it.
Just as soon as you attain to one ambition
you see another one glittering higher up still.
It does make life so interesting.

학비 걱정에 진학의 꿈을 접으려고 했던 앤. 매슈와 마릴라 덕분에 앤은 공부를 계속할 수 있게 됩니다. 그러자 앤은 이제 장학금이 받고 싶어집니다. 장학금을 받아 공부를 해서 일급 교사 자격증도 따고 싶고요. 이런저런 생각을 하다 앤은 설레는 마음으로 잠자리에 듭니다.

꿈을 가지세요. 큰 꿈을 향해 조금씩 나아가도 좋고, 작은 꿈을 조금씩 더 키우는 것도 좋습니다. 꿈 하나를 이루었다면 다른 꿈을 꾸세요. 꿈이 있는 사람은 활기차게 살 수 있습니다. 하고 싶은 일, 이루고 싶은 일을 꼭 찾아보세요!

퀸스 학교의 모델이 된 달하우지 대학교

노력했지만 실패하는 경험도
성공하는 것 못지않게 중요해

Next to trying and winning, the best thing is trying and failing.

앤은 열심히 공부했습니다. 길버트는 예나 지금이나 앤의
쟁쟁한 경쟁자입니다. 하지만 달라진 점이 있었습니다. 앤
은 예전처럼 길버트의 콧대를 납작하게 만들기 위해서가 아
니라 훌륭한 적수를 이겼다는 자신감을 갖기 위해 이기고
싶어 한다는 것이지요. 이기면 좋겠지만, 이기지 못하면 견
딜 수 없을 거라는 생각은 이제 하지 않습니다.

노력한다고 해서 반드시 성공하는 것은 아닙니다. 최선을
다한 일이 실패로 끝나는 경우도 적지 않고요. 모든 일에는

내 힘으로는 어쩔 수 없는 상황이라는 것도 있거든요. 하지만 성공하지 못해도 괜찮습니다. 포기하지 않는다면 기회는 또 올 테니까요.

샬럿타운의 모습

그것이 무엇이든 갖거나 이루려면
대가를 치러야 해요. 꿈을 갖는 것은 좋지만,
꿈이 거저 이루어지는 것은 아니에요.
피나는 노력과 극기가 필요하고,
불안과 좌절을 이겨내야만 가능하지요

We pay a price for everything we get or take in this world;
and although ambitions are well worth having,
they are not to be cheaply won,
but exact their dues of work and self-denial,
anxiety and discouragement.

장학금을 받기 위해 앤은 열심히 공부합니다. 최선을 다
했지만 장학금을 받지 못하게 될까 봐 걱정스럽습니다. 가
슴이 뛰고 얼굴은 창백해집니다. 하지만 다행스럽게도 앤은
장학생으로 선정이 됩니다. 앤은 자신보다 더 기뻐할 매슈
와 마릴라에게 얼른 이 사실을 전하고 싶습니다.

당신에게는 꿈이나 목표가 있나요? 꿈을 찾고 목표를 세

운 것으로는 충분하지 않습니다. 실행에 옮겨야 합니다. 이 세상에 생각만으로 되는 것은 아무것도 없거든요. '과연 내가 이루어낼 수 있을까?' 내 자신이 불안하고 불만스러울 때도 많을 겁니다. 그때가 고비입니다. 고비를 넘겨야만 당신은 성장하고, 원하는 것을 얻을 수 있습니다.

뜨거운 여름, 하얀 꽃을 피운 프린스에드워드 섬의 감자밭

나는 너를 친딸처럼 사랑한단다.
네가 초록 지붕 집에 온 이후로
너는 나의 기쁨이자 위안이었어

I love you as dear as if you were my own flesh
and blood and you've been my joy and comfort
ever since you came to Green Gables.

매슈는 앤을 가슴 깊이 사랑하고 자랑스러워했습니다. 앤
이 입고 싶어 하는 새 옷을 마련해 주고, 앤의 기쁨과 슬픔을
고스란히 나누었지요. 하지만 앤이 장학금을 받게 된 다음
날 매슈는 그만 심장 발작으로 죽고 맙니다. 평생을 오빠 매
슈와 단둘이 살아 온 마릴라의 충격은 이루 말할 수가 없습
니다. 그나마 앤이 있어서 얼마나 다행인지요.

가족들에게 사랑한다고 말하세요. 아무리 좋은 마음이라
도 표현하지 않으면 전해지지 않습니다.

프린스에드워드 섬의 어미 말과 새끼 말

자연이 우리에게 주는 치유의 힘을
거부해서는 안 돼

We should not shut our hearts
against the healing influences that nature offers us.

더 이상 매슈를 볼 수 없다는 사실이 앤은 무척 슬픕니다. 그러나 떠오르는 태양, 분홍빛 장미꽃을 보면 행복해집니다. 다이애나와의 대화는 여전히 즐겁습니다. 하지만 행복하고 기쁘고 즐거운 기분이 들면 앤은 마음이 무겁습니다. 매슈를 배신하는 것 같거든요. 다시는 웃지도 못하고, 웃으면 안 될 것 같았는데, 이렇게 웃음이 나고 즐겁기도 하다는 앤에게 앨런 부인은 말합니다. 자연이 주는 치유의 힘을 거부해서는 안 된다고.

상처받지 않고 살 수는 없습니다. 이별 없는 만남도 없습니다. 뭘 해도 기분이 좋아지지 않을 때면 시간에 자신을 맡겨 보세요. 달이 차고 해가 뜨고, 꽃이 피고 나뭇잎이 지는 모습을 가만히 지켜보세요. 시간은, 자연은 당신을 힘든 채로 내버려 두지 않을 테니까요.

프린스에드워드 섬에 핀 하얀 장미

앤은 용감하게 자신의 의무를 직시했다.
그리고 의무라는 것도 있는 그대로 인정해 버리면
친구처럼 받아들일 수 있다는 것을 알게 되었다

She had looked her duty courageously in the face
and found it a friend-as duty ever is when we meet it frankly.

매슈가 세상을 떠난 뒤 마릴라는 시력이 급격히 나빠집니다. 시력을 완전히 잃지 않으려면 책을 읽어도 안 되고 바느질도 하면 안 됩니다. 그런 마릴라를 혼자 남겨 두고 차마 다른 도시로 떠날 수가 없습니다. 앤은 자신이 지금 해야 할 일이 무엇인지 생각합니다. 그리고 큰 결심을 합니다.

지금 당신이 해야 할 것은 무엇인가요? 해야 할 것을 귀찮아한다면, 더욱 싫증나게 됩니다. 싫어해서는, 더더욱 그것이 제대로 될 리가 없지요. 그러나 가령 의무라 하더라도 용기를 가지고 정면에서 바라보세요. 그것이 자신에게 있어, 또 주위 사람들에게 있어서, 어느 정도 중요한 것인지를 잘 생각해 마음을 열고 맞는다면, 그 해야 할 일은 당신의 새로운 길이 될 겁니다.

프린스에드워드 섬에서 두 번째로 큰 마을 서머사이드의 커다란 단풍나무

저는 여기서 최선을 다해 살 거예요.
그렇게 하면 최고의 결과가 있을 거라고 믿어요

I shall give life here my best,
and I believe it will give its best to me in return.

앤이 장학금을 포기하고 에이번리에 남겠다고 하자 마릴
라는 자신 때문에 앤이 희생하는 것 같아 절대 그러지 말라
고 합니다. 그러자 앤은 말합니다. 자신은 그저 꿈을 바꾼 것
이며 지금 그 어느 때보다 꿈이 크다고, 좋은 선생님이 되고,
마릴라가 시력을 잃지 않게 하겠다고, 최선을 다해 살면 그
만큼 결과가 올 것이라고요.

우리를 뒤흔드는 위기는 인생의 중요한 고비마다 숨어 있
습니다. 진학, 연애, 취업, 결혼, 인간관계⋯⋯. 신중하게 선

택하고, 잘하기 위해 최선을 다해도 뜻하지 않은 결과가 나올 수 있습니다. 하지만 그것이 전부이고, 거기가 끝이라고 생각하지 마세요. 그 일이 전화위복이 되어 당신의 인생은 예상치 않은 지점에서 꽃을 피우게 될지도 모릅니다. 인생은 그런 것이랍니다.

이른 봄의 햇살과 등대, 민들레꽃이 활짝 핀 들판

이제는 그 길에 모퉁이가 생겼어요. 그 모퉁이를
돌면 무엇이 저를 기다리고 있을지 그건 몰라요.
하지만 좋은 게 기다리고 있을 거라고 믿어요

Now there is a bend in it. I don't know what lies around the bend,
but I'm going to believe that the best does.

에이번리를 떠나지 않고 마릴라와 함께 초록 지붕 집에
남기로 마음을 바꾼 앤. 매슈의 죽음과 마릴라의 건강 때문
에 자신의 계획을 접은 것이지요. 그저 쭉 뻗은 길을 갈 것이
라 생각했는데, 그 길에 모퉁이가 생긴 것입니다. 길모퉁이
를 돌아가면 무엇이 있을지, 무엇이 나올지 모르지만 앤은
기꺼이 그 길을 가 보기로 합니다. 그리고 그 길에서도 새로
운 매력과 좋은 것을 찾을 수 있을 것이라 생각합니다.

인생은 예측이 불가능합니다. 뜻밖의 일이 생겨 생각하

지도 못했던 길로 인생의 진로를 변경할 때도 있습니다. 눈앞에 울퉁불퉁하고 꼬불꼬불한 길이 나타날 수도 있습니다. 하지만 그 길에 무엇이 있을지, 길 끝에 무엇이 기다리고 있을지는 아무도 모릅니다. 분명한 것은 긍정적이고 밝은 마음으로 꿋꿋이 가다 보면 길 어딘가에서 새로운 빛을 만나게 될 것이라는 사실입니다.

길게 이어지는 프린스에드워드 섬의 붉은 흙길

앤은 진실한 노력과 값진 꿈,
마음이 맞는 친구가 주는 기쁨을 누렸다

The joys of sincere work and worthy aspiration
and congenial friendship were to be hers.

길버트는 에이번리 학교를 포기하고 하숙비가 드는 화이
트샌즈로 가기로 합니다. 앤이 얼마나 마릴라와 함께 있고
싶어 하는지 알았거든요. 덕분에 앤은 에이번리에서 아이들
을 가르칠 수 있게 되었습니다. 린드 부인을 통해 이 이야기
를 전해들은 앤은 길버트에게 고맙다고 인사합니다. 그리고
둘은 좋은 친구가 되기로 합니다. 그날 앤은 정말로 흐뭇했
습니다.

어떤 삶이 행복한 삶일까요? 마음을 나눌 가족과 친구가

있고, 나를 스스로 설 수 있게 해 주는 일이 있다면 최고 아닌가요? 삶을 행복하고 값지게 만들고 싶다면 사람들에게 애정을 갖고 친절하게 대하고 맡은 일을 열심히, 성실히 하세요.

불어오는 바람과 향기가 흩날리는 프린스에드워드 섬의 여름 풍경

하느님은 천국에 계시고,
이 세상 모든 것은 평화롭도다

God's in His heaven, all's right with the world.

"하느님은 하늘에 계시고, 세상은 평화롭도다." 영국 시인 브라우닝의「피파가 지나간다」에 나오는 한 구절입니다. 앤은 에이번리의 초록 지붕 집에 마릴라와 함께 살면서 열심히 공부해 훌륭한 교사가 되기로 합니다. 길에 모퉁이가 생기면 기꺼이 돌아가겠다는 마음, 꿈이 꺾이면 새로운 꿈을 만드는 의지로 오늘 밤에도 앤의 마음은 설렙니다.

로버트 브라우닝의 시「피파가 지나간다」에 나오는 피파는 베네치아의 실크 공장에서 일하는 가난한 소녀입니다.

오늘은 일 년에 단 하루뿐인 휴가. 희망과 기대에 차서 아침을 맞은 피파는 마을에서 가장 행복해 보이는 네 사람의 집 앞을 지납니다. 그리고 그들의 삶을 동경하며 마음에서 우러나오는 기쁨의 노래를 부릅니다. 그런데 그들이 행복하리라는 피파의 생각과는 달리 부와 권력을 쥐고 있으면서도 그들은 극심한 고통을 겪고 있었지요. 이들은 피파의 노래를 듣고 오히려 위안을 얻습니다. 보이는 것은 전부가 아니고 남의 평가는 중요한 것이 아닙니다. 나에게 집중하고 내가 정말 행복할 때가 언제인지를 가만히 생각해 보세요.

다시 해가 뜬 아침, 초록 지붕 집

후기
빨간 머리 앤의 행복하게 살아가는 법

행복은 우리 마음속에 있습니다

저는 1991년부터 일본에서 처음으로 앤 시리즈를 번역하고, 앤 시리즈와 관련한 해설서를 쓰고 있습니다. 앤에 대한 책을 읽고 글을 쓸 때마다 앤의 밝고 긍정적인 마음가짐과 성실함, 사랑스러운 말에 얼마나 힘을 얻고 위안을 받는지 모릅니다. 마음도 아주 편해지고요.

저는 앤 덕분에 진정한 행복에 대해 알게 되었습니다. 행복이란 특정 상황이나 조건이 갖춰져야 느낄 수 있는 게 아니라 우리 마음속에 있다는 것을요. 어떤 상황에서든 어떻게 생각하는가에 따라 기쁨과 감동을 느낄 수 있고, 그 기운을 다른 사람과 나눌 수 있습니다. 『빨간 머리 앤』을 읽으며 느꼈던 행복을 나누어 갖고 싶은 마음에 책에 나온 좋은 구절, 좋은 말을 고르고 프린스 에드워드 섬에서 찍은 사진을 첨부했습니다.

앤의 지난 이야기

앤은 태어난 지 얼마 되지 않아 부모를 잃었습니다. 그래서 청소

부 토마스 아주머니에게 맡겨졌지요. 하지만 토마스 아주머니의 남편은 포악하며 술을 좋아하는 데다 앤에게 심한 말을 서슴지 않았습니다. 다음으로 맡겨진 곳은 해먼드의 집이었는데, 그 집에서 어린 앤은 세 쌍둥이를 돌보기도 했습니다. 그러다 마지막으로 간 곳이 고아원이었고, 앤은 그곳에서 열한 살까지 살았습니다. 부모의 따뜻한 사랑을 모르고 세심하게 보살펴 주는 어른도 자상하게 말을 걸어 주는 사람도, 제대로 된 옷도 없이, 교육도 받지 못하고 외롭고 비참하게 어린 시절을 보낸 것이지요.

쓰러지지 않겠다, 밝게 살겠다는 강한 의지

만약 제가 앤이었다면 사람이 밉고 세상이 싫어서 마음이 그지없이 피폐해졌을 것 같습니다. 자포자기하고 비관적인 사람이 되었을지도 모르겠고요. 그런데 앤은 그런 힘든 상황에서도 좋은 면을 보려 합니다. 자신에게 상처를 준 사람도 그럴 만한 상황이 있었을 것이라고 이해하려 합니다. 어려운 순간에도 밝은 미래를 상상하고, 꿈을 꾸고, 그 꿈을 이루기 위해 최선을 다합니다.

앤이 그럴 수 있었던 것은 천성적으로 타고났기 때문일까요? 제 생각에는, 타고난 기질만이 아니라 괴롭고 척박한 날들을 헤쳐 나가기 위해 자신을 그렇게 단련한 결과일 수도 있을 것 같습니다. 즉 지지 않겠다, 여기서 멈추지 않겠다는 강한 의지, 그것이 앤을 우리가 아는 앤으로 만든 큰 동력이지 않았을까 싶습니다.

꿈을 꾸면 행복의 문이 열린다

앤의 꿈은 현실이 됩니다. 아름다운 프린스에드워드 섬에서 진정한 가족을 가지게 되었고, 가까운 곳에 개울이 있는 집에 살게 되었으며, 진실한 친구도 생겼습니다. 꿈을 가지고, 꿈을 꾸었기에 꿈이 이루어졌을 때 감사해하고, 행복해할 수 있었습니다.

일상의 행복을 즐기다

초록 지붕 집에 온 앤은 가족의 소중함, 내 집의 안정감, 살아 있음의 기쁨을 눈빛으로, 행동으로, 말로 표현합니다. 매슈와 마릴라는 앤의 마음을 읽습니다. 앤의 행복을 함께 느낍니다. 그리고 자신들이 잊고 사는 것들, 당연하게 생각하는 일상이 얼마나 소중한 행복인지 깨닫습니다. 앤이 매슈와 마릴라에게 큰 선물을 한 것이지요.

매슈와 마릴라, 인생의 행복을 찾다

단둘이 살며 이웃과의 왕래도 뜸하던 매슈와 마릴라. 이들의 고요하고 지루한 삶에 앤이 등장합니다. 처음에는 앤을 그저 불쌍하게 여겨졌지만, 앤이 가지고 있는 긍정적인 마음, 밝은 시선, 풍부한 감성의 세계에 빠져듭니다. 그리고 자신들의 인생이 바뀌고 있음을 실감합니다. 사랑을 베풀 대상이 있다는 것, 사랑을 줄 수 있다는 것, 사랑하는 사람과 함께 하는 일상이 얼마나 소중하고 행복한지, 이들은 아무것도 가진 것 없고, 자신들이 도움을 주어야 한다고 생각했던 앤이라는 아이를 통해 알게 됩니다.

자신의 힘으로 인생을 만들어 가다

앤에게는 그토록 바라던 집이 생기고, 가족이 생기고, 친구가 생겼습니다. 그러자 앤은 또 다른 꿈을 꿈니다. 선생님이 되려는 꿈이지요. 앤은 선생님이 되기 위해 장학금을 받으려는 목표도 정합니다. 이렇게 앤은 크고 작은 꿈을 하나씩 세우면서 꿋꿋이 성실하게 자신의 인생을 만들어 갑니다.

길모퉁이에도 빛이 있다

앤의 꿈이 일사천리로 쭉쭉 이루어진 것은 아닙니다. 장학금을 받고 교사가 되는 학교에 진학할 수 있게 되었지만, 매슈의 갑작스러운 죽음은 모든 것을 바꾸어 놓습니다. 앤의 표현대로라면 '길모퉁이'를 만난 것이지요. 깊은 슬픔 속에서 앤은 자신의 상황을 다시 한번 생각합니다. 미래는 아무도 알 수 없는 것. 가려던 길이 아닌 다른 길로 가게 되더라도 그곳에도 뭔가 멋진 것이 있을 것이라고 앤은 믿습니다.

● 『빨간 머리 앤』 등장인물들에게 배우는 행복하게 사는 법
저는 이 책을 통해 행복하게 사는 법 다섯 가지를 배웠습니다.
– 앤 : 밝은 마음으로 꿈과 희망을 가지고 노력한다.
– 마릴라 : 자신이 맡은 몫을 성실하게 다하고 예의를 갖춘다.
– 매슈 : 조용하고 섬세하게 가족을 사랑한다.
– 린드 부인 : 주변 사람들을 잘 챙기고 적극적으로 행동한다.
– 다이애나 : 친구를 소중히 여기고 진심으로 칭찬한다.

이 책의 등장인물 가운데에는 염세적이고 부정적인 모습을 보이는 사람도 있습니다. 하지만 작가는 이런 사람들도 우리가 사는 세계의 일부이며, 우리 자신의 모습이기도 하다, 행복은 우리 마음속에 있다는 것을 끊임없이 말하고 있습니다.
『빨간 머리 앤이 빨간 머리 앤에게』는 작은 책입니다. 이 작은 책이, 앤의 말이, 삶을 대하는 앤의 태도가 당신의 지친 일상과 기나긴 인생에 조금이나마 힘이 되기를 바랍니다.

2014년 8월,
인생의 동지인 당신에게

글쓴이 마쓰모토 유코

『거식증 환자의 밝아오지 않는 새벽』으로 제11회 스바루 문학상을 수상한 일본의 작가이자 번역가이다. 앤 시리즈의 무대를 여행하는 캐나다 동해안 투어의 해설자로도 활동하고 있다. 일본에서는 처음으로『빨간 머리 앤』시리즈를 번역했고, 『빨간 머리 앤에 숨겨진 셰익스피어』『빨간 머리 앤의 프린스에드워드 섬 기행』등을 썼다. 2008년 4~6월, 10월~12월 NHK 교육방송 〈3개월 토픽 영어회화『빨간 머리 앤』으로의 여행〉을 진행했다.

옮긴이 **한양희**

빨간 머리 앤의 주근깨와 빨간 머리를 누구보다 좋아합니다.
20대 중반에 하던 일을 그만두고, 도쿄로 갔습니다. 왜? 힘들게 고생을 하니? 했던 주위의 걱정도 있었지만, 매슈와 마릴라처럼 믿어 주셨던 부모님이 계셨기에 그것 또한 인생에 소중한 밑거름이 되었습니다. 지금은 일본을 왔다갔다하며 일본과 관련된 일을 하고 있습니다. 그 일로 힘을 얻고, 때론 잃기도 하며 자신을 만들어 가고 있습니다. 가능한 다른 사람 보다가 아닌 지금의 나보다 더 나은 사람이 되기 위해.

빨간 머리 앤이 빨간 머리 앤에게

1판 1쇄 인쇄 2016년 5월 10일 **1판 1쇄 발행** 2016년 5월 20일

지은이 마쓰모토 유코
사진 俣野礼子(Matano Reiko) 31, 49, 51, 63(4 photos) 西口清(Nishiguchi Kiyoshi) 67(1 photo)
綾部幸男(Ayabe Yukio) 59(1 photo) 松本侑子(Matsumoto Yuko) the rest of all(56 photos)

옮긴이 한양희 **그림** 전민경

펴낸이 이경수 **디자인** 윤실장

발행처 썬더버드 **등록** 2014년 9월 26일 제 2014-000010호
주소 서울 구로구 구로중앙로 30길 26 **전화** 02 6010 0883 **팩스** 050 4372 3250
이메일 tbbook@gmail.com **홈페이지** www.tbbook.co.kr

ISBN 979-11-957737-0-1 03830